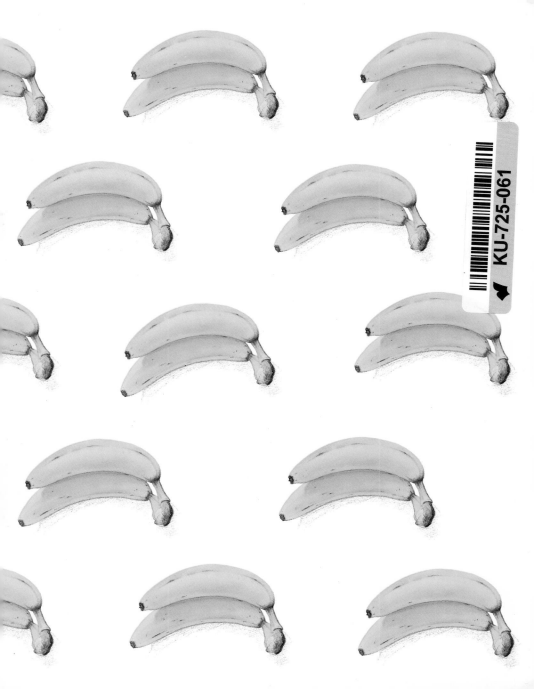

Traduit de l'anglais par Isabel Finkenstaedt
©1992, l'école des loisirs, Paris, pour l'édition en « lutin poche »
© 1991, A.E.T. Browne & Partners
Titre original : « Willy and Hugh », Julia MacRae Books
Loi numéro 49 956 du 16 juillet 1949 sur les publications
destinées à la jeunesse : janvier 1992
Dépôt légal : janvier 1992
Imprimé en France par Tardy-Quercy S.A. à Saint-Germain-du-Puy
Numéro d'imprimeur : 16 920

ANTHONY BROWNE

Marcel et Hugo

Kaléidoscope
lutin poche de l'école des loisirs
11, rue de Sèvres, Paris 6ᵉ

Marcel se sentait bien seul.

Tout le monde
semblait avoir des amis.
Tout le monde sauf Marcel.

Personne ne voulait faire équipe
avec lui.
Ils disaient tous
qu'il n'était bon à rien.

Un jour, Marcel
se promenait
dans le parc…

perdu dans ses pensées…

Hugo Rille courait …   ils se rencontrèrent.

« Oh, je suis vraiment désolé », dit Hugo.
Marcel était étonné.
« Mais c'est moi qui suis désolé », dit-il,
« je ne regardais pas où j'allais. »
« Non, c'est ma faute », dit Hugo,
« c'est moi qui ne regardais pas où j'allais.
Je suis désolé. »
Hugo aida Marcel à se relever.

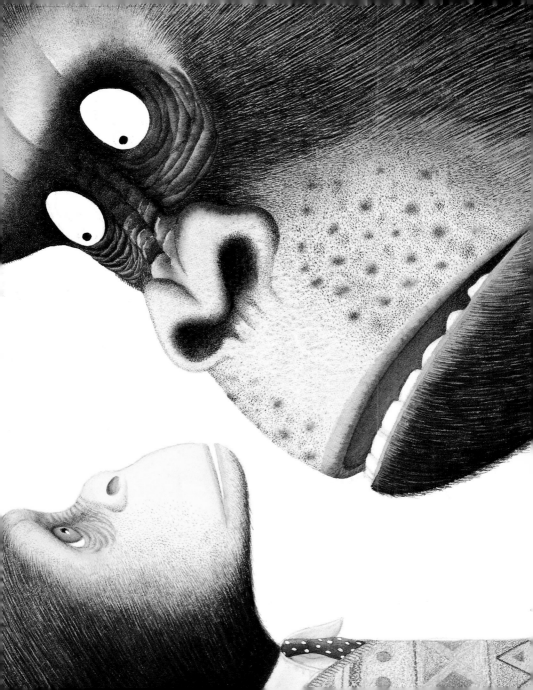

Ils s'assirent
sur un banc
et regardèrent
passer
les coureurs.
«Ils ont vraiment
l'air de s'amuser»,
dit Hugo.
Marcel rit.

Pif-la-Terreur surgit.
«Je te cherchais, petite mauviette», lança-t-il
en ricanant.

Hugo se leva.
« Est-ce que je peux me rendre utile ? » demanda-t-il.
Pif s'en alla. Très rapidement.

Alors Marcel et Hugo décidèrent d'aller au zoo.

Puis ils se
rendirent à la
bibliothèque
et Marcel fit
la lecture
à Hugo.

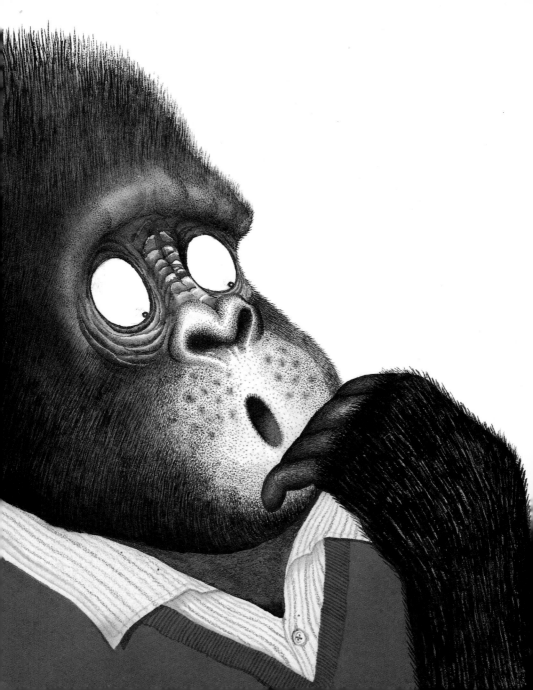

En quittant la bibliothèque,
Hugo s'arrêta brusquement…
Il avait vu une terrifiante créature…

« Est-ce que je peux me rendre utile ? » demanda Marcel
tout en déplaçant l'araignée avec douceur.

Marcel était assez content de lui.
« On se retrouve demain ? » demanda Hugo.
« Oui, ce serait génial », dit Marcel.

Et ce fut génial.

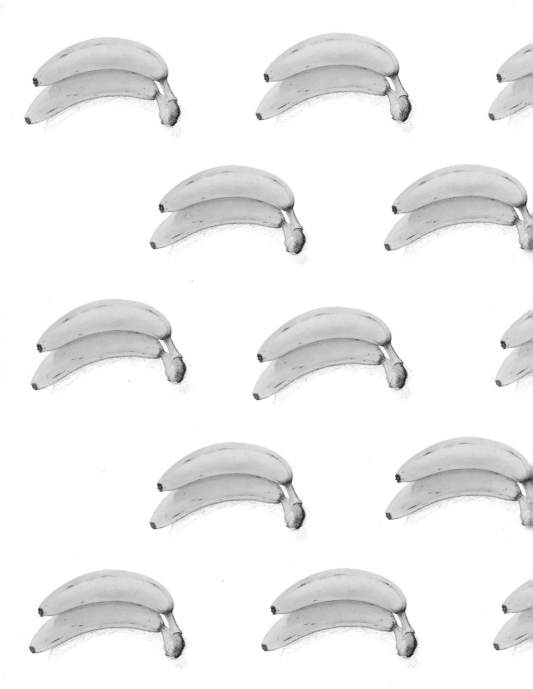

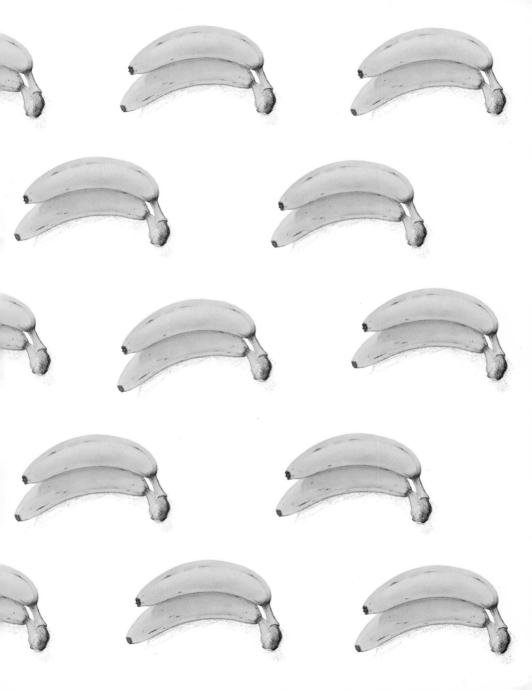